# LA MONTAGNE BLEUE

à Pierre.

Bonne route
vers le sommet
de la montagne
bleue !

J'espère que cette
histoire saura te
faire rire et
rêver...

Hélène de Blois
17 nov. 2006

Nous remercions le Conseil des Arts du Canada ainsi que la Société de développement des entreprises culturelles du Québec (SODEC) pour l'aide accordée à notre programme de publication. Nous reconnaissons l'aide financière du gouvernement du Canada par l'entremise du Programme d'aide au développement de l'industrie de l'édition (PADIE) pour nos activités d'édition.

Le Loup de Gouttière
347, rue Saint-Paul
Québec (Québec)
G1K 3X1
Téléphone : (418) 694-2224
Télécopieur : (418) 694-2225
Courriel : loupgout@videotron.ca

Dépôt légal, 4e trimestre 2003
Bibliothèque nationale du Québec
Bibliothèque nationale du Canada
ISBN 2-89529-082-2
Imprimé au Québec

Hélène de Blois

La MONTAGNE BLEUE

CONTE

Illustrations Chantale Boudreau

Les petits loups
Le Loup de Gouttière

À Pauline, Rollande, Ruth
et à toutes ces belles grands-mères,
bonnes fées des enfants.

On raconte que sur le sommet de la montagne bleue vit un roi sans royaume. Certains disent qu'il est sage. Plusieurs croient qu'il est fou. D'autres affirment qu'il n'existe pas. Mais tout le monde s'entend pour dire qu'il ne faut pas le déranger.

– Pourquoi ? demande Souka. Parce qu'il est roi ?

– Parce qu'il ne faut pas déranger les gens, voilà tout.

Ainsi raisonnent les villageois qui vivent au pied de la montagne bleue.

Mais Souka ne l'entend pas de cette manière. Elle fourre son nez partout et pose des tas de questions à tout un chacun : « À quoi rêves-tu la nuit ? Quelle est ta chanson préférée ? D'où vient ta cicatrice ? T'as quel âge ? Es-tu amoureux de La Frisée ? »

Elle est curieuse, cette petite, comme ce n'est pas permis ! En revanche, personne ne l'interroge sur sa vie. Jamais. Dans ce village, tout le monde préfère se mêler de ses affaires.

**C**omme ses parents sont partis en vacances, Souka habite chez sa grand-mère Marguerite.

La maison de Marguerite craque de partout. Certains racontent qu'elle est hantée par des fantômes. D'autres croient que Marguerite cache sous son lit des objets enchantés. Et tout le monde s'entend pour dire que Marguerite est une sorcière.

– C'est vrai ! lance Souka à tout le village. Et c'est la plus chouette des grands-mères !

**3**

**U**n soir, le nez contre la vitre du salon, Souka contemple la montagne bleue. Une brume flotte sur le sommet, l'enrobe de mystère. Même avec des jumelles, on n'y voit goutte! Souka interroge sa grand-mère:

– Qu'est-ce qu'il fait, le roi, dans la brume?

– Ah! s'exclame Marguerite. Si je n'étais pas si vieille, crois-moi, j'irais le trouver, ce fameux roi! Je le regarderais bien en face, droit dans les yeux, et je lui poserais une fois pour toutes cette satanée question : « Êtes-vous sage, êtes-vous fou ou n'êtes-vous qu'un mirage ? » Hélas... soupire-t-elle, mes pauvres jambes ne sauraient entreprendre un tel voyage.

Souka demeure songeuse.

– Qu'est-ce que tu mijotes encore ? soupçonne Marguerite.

– Rien, grand-mère, rien du tout...

Ce soir-là, Souka se met au lit à l'heure des poules, et sans se faire prier. Demain, la journée sera longue...

**S**ouka se lève avant l'aube et déjeune en silence pour ne pas réveiller sa grand-mère. Aujourd'hui, c'est décidé : elle se rendra au sommet de la montagne bleue. Elle ira trouver le roi. Elle le regardera bien en face, droit dans les yeux, et...

– Couiiiiiiiic ! fait une porte.

– Cric, crac, répond le plancher.

Souka relève la tête. Marguerite sort de sa chambre, l'air d'avoir tout compris. Elle croise les bras et jette à sa petite-fille un regard sévère. Elle va la gronder, c'est sûr, mais celle-ci ne lui laisse pas le temps de parler.

– Je serai de retour demain, promis juré.

– Comment ? s'écrie Marguerite. Tu veux dormir là-haut, en plus ?

– J'emporte une couverture, de l'eau et un énorme sandwich au saucisson.

– Ah ! non ! Ta mère me trouverait bien insensée de te laisser partir comme ça. Et toute seule par-dessus le marché ! Non, non et non, tu n'iras pas. À moins que...

Marguerite se triture l'oreille.

– À moins que...

Elle retourne dans sa chambre, tire de sous son lit un grand coffre en bois.

Elle l'ouvre... À l'intérieur s'entassent pêle-mêle des coquillages et des cailloux, des parchemins et des grimoires, une coiffe d'Amérindien et une poupée vaudou, une peau de serpent et une dent de vampire, un fossile de trilobite, une boule de cristal, un œil de vitre et... un étui oblong, noir comme du charbon. Marguerite fait glisser l'étui et en sort une flûte dorée. Elle la remet à Souka. Elle lui dit :

– Je te laisse partir, mais à une condition : prends cette flûte magique.

– Une flûte magique ?

**S**ouka marche sur l'immense pelouse bleue qui tapisse les flancs de la montagne. Elle marche dans l'air frais du matin et l'herbe rase lui chatouille les chevilles. Elle marche d'un pas alerte, malgré la pente, sans perdre la cadence. Elle marche sous le soleil qui brille déjà, étonnée de voir le gazon atteindre ses genoux. À midi, elle en a jusqu'au nombril. Plus loin, le gazon atteint ses épaules, puis son menton. Souka doit presque nager, écarter les herbes avec ses mains et ses bras pour

se frayer un passage dans cet océan végétal. Par moments, elle disparaît complètement à travers la pelouse. Elle s'imagine alors escaladant le crâne d'un géant, se faufilant entre ses cheveux bleus…

Souka s'arrête tout à coup. Quelque chose a frôlé sa hanche. Qu'est-ce que c'est ? Des lutins ? Sûrement pas. Les lutins vivent la nuit. Et si c'était des bêtes féroces ? Pour se rassurer, Souka se rappelle les paroles de sa grand-mère : « Cette flûte magique te protégera. Si tu as peur, joue. »

Souka serre sa flûte dans sa main, prête à en jouer en cas de danger.

– Courage ! se dit-elle en continuant d'avancer.

Pendant ce temps, au village, on s'étonne de l'absence de Souka.

– D'habitude, dit La Grande, elle vient me saluer et placoter un brin.

– Chaque jour, ajoute Le Boiteux, elle me demande des nouvelles de ma famille.

– Et de mon correspondant! s'exclame La Frisée, les yeux pétillants. Elle veut que je lui raconte où je l'ai rencontré, ce qu'il m'écrit, comment il va, s'il est beau garçon...

– Souka ne manque jamais de s'informer de ma santé, interrompt Le Gros. Si ce n'est pas gentil, ça !

Mais La Timide s'inquiète :

– J'espère qu'elle n'est pas malade.

– Je ne l'ai pas vue de la matinée, déclare Le Myope.

– Moi non plus... soupire La Belle.

– Bizarre... remarque Le Sceptique.

– Très bizarre... renchérit Le Chauve.

– Si on allait voir Marguerite ? propose Le Petit. Elle pourrait nous renseigner.

– Ah ! non, tranche Le Têtu. Cette histoire ne nous regarde pas.

– Le Têtu a raison, clame La Joufflue. Mêlons-nous de nos affaires !

Et tous de hocher la tête et de répéter :

– Mêlons-nous de nos affaires.

**M**algré la fatigue, Souka poursuit son ascension. À peine s'arrête-t-elle pour manger ou souffler un peu, pressée d'atteindre le sommet avant la nuit. Les premières étoiles s'allument dans le ciel. Mais Souka les voit à peine. Autour d'elle flotte une brume légère. Le but n'est pas loin, elle le sait.

– Courage...

Peu à peu, l'obscurité enveloppe la montagne. L'air fraîchit. La brume s'épaissit. La pente devient plus abrupte. Souka doit maintenant s'agripper aux herbes pour grimper.

– Courage... Courage...

Enfin, elle franchit les derniers pas qui la séparent du sommet.

Souka découvre un plateau couvert de petites fleurs turquoise et bleu mer. À travers la brume, elle distingue une forme immobile aux contours inquiétants. On dirait une vieille souche...

Le vent se lève et dissipe la brume. Ciel! Ce n'est pas une souche, c'est une chaise! Non, un trône! Un trône pourri. Un trône envahi par les champignons. Un trône sur lequel est assis un vieillard. Son visage gris comme la pierre et son regard fixe lui donnent l'air d'une statue. Serait-ce le roi? Sa

barbe et sa moustache ont tant poussé qu'elles touchent le sol. Ses cheveux, encore plus longs, s'emmêlent dans une couronne rouillée. C'est le roi, Souka en est sûre. C'est le roi ! D'une main distraite, il cueille des fleurs et les porte à sa bouche. Puis lentement, longuement, sûrement, il les mastique et les avale.

Souka n'ose pas interrompre ce curieux repas. Sa Majesté semble si absorbée. « Demain... songe-t-elle. Demain, je lui parlerai. »

Puis elle s'enroule dans sa couverture et s'endort, épuisée.

Souka s'éveille au petit matin, picotée de rosée. Elle se redresse et contemple sur l'horizon les premières lueurs de l'aube. Son regard se pose ensuite sur le roi. Est-il sage ? Est-il fou ? Pour l'heure, il dort. Chut...

Souka déballe son sandwich et y mord à belles dents. Un spasme parcourt le visage de Sa Majesté. Il lève le menton. Ses narines palpitent. « À quoi rêve-t-il ? songe Souka, qui l'observe du coin de l'œil. »

Dans son sommeil, le roi hume l'air avec bonheur. Un effluve délicieux semble lui chatouiller le nez. Son estomac se met à gargouiller. Il salive. Il renifle maintenant avec frénésie. Soudain, il ouvre les yeux. Le sandwich ! Voilà ce qui l'a réveillé. Prenant appui sur les accoudoirs de son trône, le roi tente de se soulever. Son corps faible vacille, mais il tient bon et réussit à se mettre debout. Il lève un bras et tend sa main vers la nourriture. Souka va à sa rencontre et lui présente son sandwich. Le roi s'en empare aussitôt, se laisse choir sur son siège et mange avec appétit.

– Sire, lui dit Souka, je suis honorée de faire votre connaissance, car je n'avais encore jamais rencontré un roi, un vrai roi, en chair et en os, comme vous, avec une vraie couronne. Car vous êtes bien un roi, n'est-ce pas?

Le roi se lèche les doigts avec application sans lui accorder la moindre attention.

– Vous ne vous ennuyez pas tout seul sur cette montagne? Bien sûr, la vue est belle, mais le temps doit vous paraître long. Vous allez dire que je ne me mêle pas de mes affaires, mais comment se fait-il que vous n'ayez pas de royaume? D'habitude, les rois vivent dans des châteaux, non?

Pour toute réponse, le roi laisse échapper un rot. Il tourne ensuite sa pâle figure vers Souka et la fixe de son regard vide. Après un long moment, il rouvre la bouche et, enfin, se décide à parler.

– **B**êêê…

– Pa… Pardon ?

– BÊÊÊ… répète le roi.

– Souka blêmit.

– Le roi est fou, songe-t-elle avec effroi. Fou à lier. Zinzin. Crac pot. Complètement timbré.

– Bêêê… fait un autre fou, derrière elle.

Souka se retourne. Horreur ! Ce n'est pas un fou. Pire. C'est une bête, toute noire et poilue, avec des cornes blanches et une barbe bleue. Un monstre !

– Bêêê... dit un autre monstre qui arrive d'un bond sur le sommet.

– Bêêê... ajoute un de ses semblables qui le rejoint aussitôt, suivi d'un autre, puis d'un autre, d'un autre...

Souka recule, trébuche sur une roche, tombe par terre. Elle se relève et fait volte-face, prête à s'enfuir. Mais d'autres monstres surgissent. Ils arrivent de tous les côtés à la fois. Ils s'avancent vers Souka. Ils forment un cercle autour d'elle, un cercle de plus en plus étroit. « Ça y est, pense-t-elle. Ils vont me dévorer ! »

Souka brandit sa flûte. Jouer. Il lui faut jouer. Malgré son cœur qui bat à toute allure. Malgré sa respiration saccadée. Malgré ses mains moites et la frayeur qui la secoue tout entière. Jouer. Mais quoi ? Aucune mélodie ne lui vient en tête. La peur l'empêche de penser. Et les monstres qui se rapprochent encore !

Souka pose ses doigts tremblants sur les trous de l'instrument. Jouer. N'importe quoi. Mais jouer. Elle souffle dans l'embouchure. Elle souffle fort. Elle souffle mal. Mais elle joue. Enfin, elle joue! Et la musique emplit l'espace... STUPEUR! Ce n'est pas le son léger d'une flûte qu'on entend, mais le son d'une guitare électrique! Un son lourd. Puissant. Décoiffant. Les monstres figent un moment, puis se sauvent, épouvantés. Le roi bondit de son siège, les yeux exorbités. Ses cheveux se dressent sur son crâne. Sa barbe se hérisse. Sa couronne lance des flammèches.

Souka continue de jouer. Les notes s'envolent et glissent dans les oreilles du roi. Les notes galopent dans son cerveau ratatiné. Elles lui secouent les méninges et rallument ses neurones. Des mots surgissent dans sa caboche. Des mots simples pour commencer. Des mots oubliés depuis longtemps: *maman*, *papa*, *bobo*... Puis, des mots plus compliqués : *royaume*, *sceptre*, *banquet*, *mélodie*, *tapage*, *cacophonie*... Les mots se bousculent dans sa mémoire. Des phrases s'organisent : *Moi je veux... J'ai faim... Pas faire dodo, non, pas faire dodo...* Puis, des phrases plus compliquées prennent forme. Les phrases d'un roi heureux. Les phrases d'un roi triste. Les phrases d'un roi en colère. Terriblement en colère.

– **I**nsolente ! hurle le roi. Comment oses-tu me casser les oreilles avec ta musique d'enfer !

Souka s'arrête de jouer. Le roi crie de plus belle :

– Qui es-tu et d'où viens-tu, étrangère ?

Souka écarquille les yeux, incapable de prononcer une seule parole. Le roi rugit :

– As-tu avalé ta langue ?

Souka, encore toute tremblante, fait non de la tête.

– Alors réponds ! QUI ES-TU ?

Pour une fois qu'on lui pose une question, elle n'a pas envie de répondre. Personne ne lui a donc enseigné les bonnes manières, à ce roi mal embouché ? Avoir su, elle ne se serait pas donné tant de mal pour le rencontrer. Non, c'est décidé, elle ne lui dira pas qui elle est, à ce roi bourru ascendant monstre poilu, oh que non ! Elle ne lui dira pas qu'elle est la fille de Jean, le cuisinier aux doigts de fée, et de Marie, l'aubergiste tireuse de cartes. Elle ne lui dira pas que sa grand-mère distille des cornichons et concocte des onguents avec des racines de chiendent et des larmes de crocodiles. Elle ne lui dira pas qu'au village, les gens se mêlent de leurs affaires, tellement qu'ils finissent par s'ennuyer chacun dans leur coin. Mais sûrement pas autant que lui, vieux crapaud décrépi écrapouti sur son trône pourri ! Elle ne lui dira rien à rien à cet ours mal léché, ce rustre, ce cuistre, ce malappris, ce roi de rien du tout ni de personne !

Souka ne tremble plus. La peur l'a quittée. Elle n'a plus qu'une envie : rentrer à la maison. Ne plus penser. Ne plus poser de questions. Dormir longtemps.

Lasse, elle ramasse sa couverture. Elle pousse un long soupir et d'une toute petite voix, elle dit :

– Ma grand-mère va s'inquiéter. Je dois partir.

Puis elle disparaît sous les hautes herbes de la montagne.

– **A**ttends ! dit le roi, debout sur ses jambes frêles. Reviens ! s'écrie-t-il en faisant quelques pas chancelants. Attends, répète Sa Majesté, qui continue pourtant d'avancer, atteignant le bord du sommet, s'apprêtant à descendre. Attends...

Empêtré dans son vieux manteau et ses cheveux épars, le roi pose un pied sur sa longue barbe, culbute dans l'herbe et dévale la montagne sur les fesses.

– OOOooooooaaaaaaaaaaa…

Il passe en quatrième vitesse à deux poils de Souka.

– Pas si vite ! crie-t-elle. Vous allez vous faire mal.

Voulant le rattraper, Souka se met à courir. Mais la pente est à pic. Elle perd l'équilibre, tombe à plat ventre et glisse, glisse, glisse…

– Iiiiiiiyahouououououououou…

Ils s'immobilisent tous les deux au pied de la montagne, dans le verger de La Joufflue. Souka rit de bon cœur, enchantée par cette glissade. Mais le roi reste maussade.

– De quoi ai-je l'air ? J'arrive sur le derrière !

Souka s'arrête soudain de rire.

– Tu en fais une bobine ! s'étonne le roi. Mon sale caractère te contamine ?

– Là… Là… bredouille Souka en pointant une direction avec sa flûte. Les monstres ! Ils nous ont suivis.

Du coup, le roi oublie sa mauvaise humeur. Ses épaules se mettent à trembler, sa tête se renverse et il éclate d'un grand rire.

– Des monstres ! Hi ! Hi ! Hi ! Des monstres ! Ho ! Ho ! Ho ! Quelle idée ! Ce ne sont pas des monstres. Ce sont des chèvres !

– Mais elles sont… elles sont…

– Monstrueuses ? Je sais. Ce sont pourtant des chèvres ! Ha ! Ha ! Ha !

**S**ortant de chez elle, La Joufflue aperçoit, au milieu d'un troupeau de chèvres bleues, Souka et un vieillard terriblement barbu, effroyablement chevelu, épouvantablement mousta-chu, qui rit à gorge déployée. « Qui est cet énergumène ? se demande La Joufflue. D'où viennent ces chèvres insolites ? Et cette couronne ? Serait-ce... »

Oubliant de se mêler de ses affaires, elle court chez Le Gros qui se précipite chez La Grande qui s'élance chez Le Boiteux qui clopine jusque chez La Frisée qui envoie Le Petit chez La Timide qui s'empresse d'avertir La Belle qui détale chez Le Chauve...

En moins de deux, tous les villageois s'ameutent dans le verger de La Joufflue.

**L**es chèvres se sont enfuies dans les cheveux de la montagne. Le roi, aidé de Souka, se relève avec dignité. De ses doigts crasseux, il époussette les brindilles bleues collées sur son habit.

– Qui est cet homme ? se demandent les villageois. Pourquoi ce vieux manteau en loques ? Et cette couronne ? Serait-ce...

Ils brûlent de le savoir. Certains toussotent. Quelques-uns se grattent. D'autres piétinent sur place. Tout le monde dévisage le roi, des points d'interrogation plein les yeux. Mais personne n'ose rien dire...

Un chignon poivre et sel se déplace parmi la foule. Souka reconnaît sa grand-mère Marguerite, qui se faufile vers l'avant. Arrivée au premier rang, Marguerite lance un clin d'œil à sa petite-fille, puis s'avance vers le roi. Elle le regarde bien en face, droit dans les yeux, et lui pose ces questions :

– Êtes-vous sage ? Êtes-vous fou ? Mais enfin, qui êtes-vous ?

– **J**e suis né il y a plus de mille ans dans un pays lointain bordé par la mer. On m'appelait Abracadazar le Premier.

– Alors c'est vrai ? s'exclame Le Petit. Vous êtes un roi ?

– Oui. J'ai été le roi d'un magnifique royaume baigné de soleil, de pluie et d'arcs-en-ciel. J'aurais dû y vivre heureux, mais...

Le roi Abracadazar marque une pause avant de poursuivre.

– Par un beau matin d'automne, j'ai découvert sur ma tête quelques cheveux blancs. Et j'ai eu très peur.

– Est-ce possible ! s'étonne Le Chauve. Je n'ai pas un poil sur le coco et je n'ai pas peur pour autant.

– Chut ! s'impatiente Le Boiteux. Laisse-le donc parler.

– J'ai eu très peur, reprend le roi, car, pour la première fois, j'ai compris qu'un jour, j'allais mourir. J'ai alors convoqué les meilleurs alchimistes du pays pour qu'ils me procurent le moyen de vivre toujours.

– Ce n'était pas bien sage ! fait remarquer Marguerite.

– Qu'ont-ils trouvé ? demande Le Gros. Un remède ?

– Une potion secrète ? suggère La Frisée en plissant les yeux.

– Une formule magique ? continue La Joufflue.

– Rien du tout, répond le roi.

– Comment ! s'indigne Le Têtu. Pas le moindre élixir ?

Le roi hausse les épaules en signe d'impuissance.

– Pas même une petite fontaine de jouvence ? espère La Belle.

– Rien, soutient le roi. J'ai promis gloire et fortune à qui me rendrait immortel. En vain. Tôt ou tard, j'allais m'éteindre. Cette pensée me terrorisait. Je ne pouvais plus dormir ni manger. J'allais mourir de chagrin quand un homme étrange est venu me trouver. Il était borgne et prétendait être un sorcier.

– Était-il réellement un sorcier ? interroge Le Sceptique.

– Qu'importe, car il m'a dit : « Rendez-vous au sommet de la montagne bleue et vous vivrez au-delà des siècles. »

– Folle idée ! juge Marguerite.

– J'étais tellement désespéré, avoue le roi, que j'étais prêt à croire l'idée la plus saugrenue. Et puis, le sorcier n'avait pas tout à fait tort... Je m'apprêtais à partir, quand un autre homme est venu me trouver. Celui-là était manchot et prétendait aussi être un sorcier. Il m'a dit : « Sire, le sommet de cette montagne est maléfique. N'y allez pas. »

Je l'ai questionné : « Pourquoi donc ? Vais-je y mourir ?

– Non, Sire.

– Vais-je y tomber gravement malade ?

– Non, Sire. Vous y vivrez au-delà des siècles, mais de grâce, n'y allez pas. »

Comme vous le savez, je me suis rendu sur le sommet de la montagne bleue. J'y ai vécu mille années, seul, plus mort que vivant, plus fou que sage...

– Comment cela ? s'informe La Grande.

Le roi s'assombrit :

– Là-haut, mes souvenirs se sont envolés un à un dans la brume. J'ai oublié mon passé et tous les mots que j'avais appris. J'ai oublié qui j'étais. J'ai oublié jusqu'à mon nom.

Le Myope écarquille les yeux et s'écrie :

– Le deuxième sorcier avait raison ! Le sommet de la montagne est maléfique !

– En effet, acquiesce le roi. Le sommet vole la mémoire de ceux qui s'y attardent trop longtemps.

Puis, désignant Souka, son visage s'illumine :

– Par chance, cette petite m'a secoué avec sa flûte magique. Elle a réveillé ma mémoire endormie. J'ai retrouvé tous mes souvenirs et plus jamais je n'irai vivre sur le sommet de la montagne bleue.

– Voilà une sage décision ! approuve Marguerite.

Et tous les villageois de crier :

– Hourra ! Hourra ! Vive le roi !

# ÉPILOGUE

Le roi s'est installé au village. Bien sûr, il ne vivra plus au-delà des siècles. Il vivra, tout simplement. Et un jour, il mourra. En attendant, quelle sera sa nouvelle vie ? Il a toujours régné. Que fera-t-il à présent ? Cette question l'accable.

Heureusement, Marguerite le tire d'embarras. Elle a remarqué que les chèvres bleues le suivent où qu'il aille. Ce n'est pas de ses affaires, mais elle lui lance tout de même cette idée :

– Si vous deveniez fromager ?

Ainsi, à l'âge vénérable de 1064 ans, le roi décide d'apprendre ce nouveau métier. Transformer le lait en fromage, n'est-ce pas fantastique et même un peu magique ? Le roi y travaille avec passion et au fil du temps, il améliore sans cesse sa méthode. Déjà, on raconte qu'il fabrique le fromage bleu le plus délicieux de toute la région.

Mais ce n'est pas tout. Les villageois ont attrapé une drôle de maladie. Depuis qu'ils ont posé des questions au roi dans le verger de La Joufflue, ils ne peuvent plus s'arrêter : pourquoi ci, pourquoi ça, patati et patata. Ils fourrent leur nez partout et posent des questions à tout un chacun. Ils sont curieux comme ce n'est pas permis ! Certains disent que Marguerite leur a

jeté un sort. D'autres croient que l'épidémie a commencé avec Souka qui a lancé la mode des « Pourquoi ? »...

Moi, je dis qu'ils ont toujours été curieux, ces villageois. Seulement, ils ne le savaient pas !

# TABLE

## L'AUTEURE

Enfant, HÉLÈNE DE BLOIS voulait devenir ingénieure comme son père, vétérinaire puis joueuse de baseball. Adolescente, elle découvre le théâtre et les voyages. Plus tard, elle étudie en cinéma (brièvement), en sciences (distraitement), en littérature (discrètement) et en théâtre (joyeusement!). Depuis, elle anime, joue et écrit. Elle ne regarde jamais le baseball...

## L'ILLUSTRATRICE

L'univers des images passionne CHANTALE BOUDREAU. Tantôt graphiste, illustratrice ou animatrice 2D, les personnages qu'elle illustre semblent prendre vie sous sa plume ou sa souris! Elle a complété une double formation en art et technologies informatisées et en dessin animé.

## DE LA MÊME AUTEURE

*1, 2, 3... en scène!,* Hélène de Blois, François Nobert, Dominique Marier, Le Loup de Gouttière, 2001.

*Une dent contre Éloïse,* Le Loup de Gouttière, 2001.

*Un train pour Kénogami,* Le Loup de Gouttière, 1999.

# Collection
## Les Petits 🐾 Loups

▽ 6 ans et plus

▽ ▽ 7 ans et plus

▽ ▽ ▽ 9 ans et plus

**Loup**◈+ 10 ans et plus

Achevé d'imprimer
en octobre 2003 sur les presses
de AGMV Marquis, imprimeur inc.
membre du Groupe Scabrini.